Der kl[illegible]
und das[illegible]

cbj

DER AUTOR

Ingo Siegner, 1965 geboren, wuchs in Großburgwedel auf. Schon als Kind erfand er gerne Geschichten. Später brachte er sich das Zeichnen bei. Mit seinen Büchern vom kleinen Drachen Kokosnuss, die in viele Sprachen übersetzt sind, eroberte er auf Anhieb die Herzen der jungen Leser und Leserinnen. Ingo Siegner lebt und arbeitet als Autor und Illustrator in Hannover..

Von Ingo Siegner sind als cbj Taschenbücher erschienen:

»Little Dragon Coconut and the Black Knight« (21796)
»Der kleine Drache Kokosnuss feiert Weihnachten« (21958)
»Weihnachten bei Paulchen Bär« (22201)
»Das große Buch vom kleinen Erdmännchen Gustav« (22374)
»Gustav vor, noch ein Tor!« (22487)
»Der kleine Drache Kokosnuss« (22473)

Als cbj Hardcover sind erschienen:

»Der kleine Drache Kokosnuss« (12683)
»Der kleine Drache Kokosnuss feiert Weihnachten« (12765)
»Der kleine Drache Kokosnuss kommt in die Schule« (12716)
»Der kleine Drache Kokosnuss – Hab keine Angst!« (12806)
»Der kleine Drache Kokosnuss und der große Zauberer« (12807)
»Der kleine Drache Kokosnuss und der schwarze Ritter« (12808)
»Der kleine Drache Kokosnuss und seine Abenteuer« (13075)
gekürzte Fassung des Bilderbuchs »Der kleine Drache Kokosnuss« (12683)
»Der kleine Drache Kokosnuss – Schulfest auf dem Feuerfelsen« (12941)
»Der kleine Drache Kokosnuss besucht den Weihnachtsmann« (13202)
gekürzte Fassung des Buchs »Der kleine Drache Kokosnuss feiert Weihnachten« (12765)
»Der kleine Drache Kokosnuss und die Wetterhexe« (12942)
»Der kleine Drache Kokosnuss reist um die Welt« (13038)
»Der kleine Drache Kokosnuss und die wilden Piraten« (13437)
»Der kleine Drache Kokosnuss im Spukschloss« (13039)
»Der kleine Drache Kokosnuss und der Schatz im Dschungel« (13645)
»Der kleine Drache Kokosnuss und das Vampir-Abenteuer« (13702)
»Der kleine Drache Kokosnuss und das Geheimnis der Mumie« (13703)
»Der kleine Drache Kokosnuss und die starken Wikinger« (13704)
»Der kleine Drache Kokosnuss auf der Suche nach Atlantis« (15280)
»Der kleine Drache Kokosnuss bei den Indianern« (15281)
»Der kleine Drache Kokosnuss im Weltraum« (15283)
»Der kleine Drache Kokosnuss reist in die Steinzeit« (15282)
»Der kleine Drache Kokosnuss – Schulausflug ins Abenteuer« (15637)
»Der kleine Drache Kokosnuss bei den Dinosauriern« (15660)
»Der kleine Drache Kokosnuss und der geheimnisvolle Tempel« (15829)
»Der kleine Drache Kokosnuss und die Reise zum Nordpol« (15863)
»Der kleine Drache Kokosnuss – Expedition auf dem Nil« (15978)

Ingo Siegner

Der kleine Drache Kokosnuss
und das Geheimnis der Mumie

cbj

cbj Kinder- und Jugendbuchverlag
in der Verlagsgruppe Random House

MIX
Papier aus verantwortungsvollen Quellen
FSC® C005833

Verlagsgruppe Random House FSC® N001967
Das für dieses Buch verwendete FSC®-zertifizierte Papier
Profibulk von Sappi liefert IGEPA.

1. Auflage 2015
Neuausgabe als cbj Taschenbuch Juni 2015

Umschlagbild und Innenillustrationen: Ingo Siegner
Umschlagkonzeption: basic-book-design, Karl Müller-Bussdorf
hf · Herstellung: wei
Satz und Reproduktion: Lorenz & Zeller, Inning a. A.
Druck und Bindung: Těšínská tiskárna, a. s., Český Těšín
ISBN: 978-3-570-22557-8
Printed in the Czech Republic

www.drache-kokosnuss.de
www.cbj-verlag.de

Inhalt

Ein Doppeldecker und ein Fressdrache

Heute ist ein heißer Tag auf der Dracheninsel. Der kleine Feuerdrache Kokosnuss und sein Freund Oskar der Fressdrache dösen in der Hängematte.
»So heiß war es ja noch nie«, stöhnt Kokosnuss.
»Wie in einem Backofen«, sagt Oskar.
Da läuft das Stachelschwein Matilda herbei und ruft: »Ratet, was ich gerade gesehen habe!«
»Matilda«, brummt Kokosnuss. »Wie kannst du bei der Hitze nur so rennen!«
»Nun ratet schon, ihr Faulpelze!«
»Ein riesiges Waffeleis?«, sagt Oskar.
»Mit Erdbeeren«, sagt Kokosnuss.
»Nein, nein«, erwidert Matilda und muss plötzlich niesen. »Hapschü!«
»Bist du erkältet?«, fragt Kokosnuss.
»Leider«, antwortet Matilda und schnäuzt in ihr Taschentuch. »Also, es fängt mit D an, ist rot und fliegt durch die Luft.«

»Ein roter Drachenpopel?«, sagt Kokosnuss. »Quatsch!«, entgegnet Matilda beleidigt und brummt: »Dann gucke ich mir den Doppeldecker eben alleine an.«
»Ein Doppeldecker?«, fragt Kokosnuss.
»Wenn ich es doch sage!«, versichert Matilda. »Er flog genau über mich hinweg in Richtung Fressdrachen-Gebiet.«
»Was ist denn ein Doppeldecker?«, fragt Oskar.
»Das ist ein Flugzeug mit je zwei Tragflächen übereinander«, erklärt Kokosnuss, springt aus der Hängematte und ruft: »Das will ich sehen!«
»Ich auch!«, stimmt Oskar ein.

Sie überqueren die kleine Schlucht und folgen dem Pfad durch das dichte Grün am Fuße der Fressdrachen-Berge.
»Da hinten ist etwas«, flüstert Kokosnuss.
Leise schleichen sie zu einer kleinen Lichtung. Dort steht tatsächlich ein Doppeldecker! Etwas weiter unten, am Ufer eines Baches, sehen sie einen kleinen

Mann mit einer Brille auf der Nase. Er sitzt auf einem Erdhaufen, der neben einer Grube aufgeschichtet ist. Er trägt einen Tropenhelm, eine Weste mit allerlei Taschen, eine kurze Hose und festes Schuhwerk. Neben ihm liegt eine Schaufel. Der kleine Mann hält eine alte Steintafel in den Händen und betrachtet diese neugierig.
Kokosnuss reibt sich die Augen.
»Wisst ihr, wer das ist? Das ist Professor Champignon, ein berühmter Forscher!«
»Woher weißt du denn das?«, fragt Matilda.
»Ich kenne sein Foto aus den Büchern über die Pyramiden.«
»Stimmt ja«, sagt Matilda. »Du liest ja immer diese Schinken über das alte Ägypten.«

»Das sind keine Schinken, sondern spannende Bücher!«, protestiert Kokosnuss. »Und sag nichts gegen das alte Ägypten. Die Pyramiden sind das Geheimnisvollste, was es gibt!«
»Pff, diese ollen Steinhaufen«, sagt Matilda.
»Hast du eine Ahnung!«, entgegnet Kokosnuss.
»Da gibt es geheime Gänge und Kammern, die noch gar nicht entdeckt sind. Die sind viele

Tausend Jahre alt! Und wer weiß, was darin alles versteckt ist!«

»Pssst!«, zischt Oskar. »Da kommt jemand!«

Die anderen spitzen die Ohren. Schwere Schritte nähern sich dem Bachlauf. Die Freunde halten den Atem an: ein Fressdrache!

»Auweia«, flüstert Oskar. »Der üble Udo!«

Der Professor ist so sehr mit der Steintafel beschäftigt, dass er den Fressdrachen noch nicht bemerkt hat.

Udo räuspert sich: »Ähem!«

Der Professor hält inne. Als er den Fressdrachen erblickt, hüpft er mit einem Schrei in die Grube.

»Gleich«, flüstert Oskar, »wird der Professor gefressen. Happs und weg.«

»Das geht aber nicht!«, protestiert Kokosnuss leise. »Wir müssen ihn retten!«

»Wartet, ich versuche mal etwas«, sagt Oskar. »Mir wird Udo schon nichts tun.«

Flink läuft der kleine Fressdrache zur Grube hinüber.

»Hallo, Udo!«, ruft er. »Wie geht's?«

»Gut«, brummt Udo. »Außer, dass ich hungrig bin. Zum Glück habe ich gerade dieses Hühnchen in der Grube gefunden.«
Da meldet sich der Professor: »Hühnchen? Ich bin doch kein Hühnchen!«
»Nicht?«, sagt Udo verblüfft.
»Wenn ich ein Hühnchen wäre, dann hätte ich einen Schnabel und zwei Flügel.«
»Von hier oben siehst du aus wie ein Hühnchen. Ist ja auch egal, Hauptsache lecker.«
»Genau deswegen wollte ich mit dir sprechen«, sagt Oskar schnell. »Das Hühnchen ist nämlich ein Mensch. Und zwar ein ziemlich alter Mensch.«

»Jawohl«, sagt der Professor. »Schon über siebzig!«
»Das ist doch nicht alt«, dröhnt Udo. »Das ist doch ein knackiges Alter, um gefressen zu werden!«
»Für Menschen ist siebzig aber alt«, erklärt Oskar. »Mein Papa sagt, so alte Menschen soll man nicht fressen, weil man die nicht so gut verträgt. Davon kriegt man Blasen an den Füßen.«
»Blasen an den Füßen?«, fragt Udo verblüfft.
»Von Hühnchen?«
»Ich bin kein Hühnchen!«, protestiert der Professor wieder.
»Halt den Schnabel!«, befiehlt Udo.
»Aber ich habe doch gar keinen Schnabel«, sagt der Professor.
»Quassle nicht dauernd dazwischen!«, brummt Udo wütend. »Außerdem ist mir der Appetit vergangen. Blasen an den Füßen, so was! Dann suche ich mir eben etwas anderes zum Fressen! Auf Wiedersehen!«

Mit diesen Worten stapft der große Fressdrache missmutig von dannen.

Der Drachenstein

»Vielen Dank, kleiner Drache, du hast mir das Leben gerettet!«, sagt der Professor.
»Och, keine Ursache. Das habe ich gern getan. Mein Freund Kokosnuss nämlich, der …«
In diesem Moment kommen Kokosnuss und Matilda aus ihrem Versteck. Erschrocken duckt sich der Professor.
»Nur keine Angst, Herr Professor Champignon!«, sagt Kokosnuss. »Wir kommen als Freunde!«
Der Professor lugt hervor: »Du kennst meinen Namen?«
»Aber ja«, sagt Kokosnuss. »Ich habe Ihre Bücher über die Große Pyramide gelesen!«
Da blickt sich Professor Champignon verstohlen um und flüstert: »Genau deswegen bin ich hier!«
Er holt die Steintafel hervor. Jetzt sehen die Freunde, dass sie die Form eines Drachen hat.
»Dieser Drachenstein«, erklärt der Professor, »war hier vergraben. Die Stelle habe ich auf einem

alten Papyrus[1] entdeckt. Der Stein führt …« Und nun spricht er noch leiser. »… zur verborgenen Kammer der Mumie mit der Goldenen Maske.« Kokosnuss traut seinen Ohren nicht.
»Die Mumie mit der Goldenen Maske?«
»Pscht!«, raunt Professor Champignon. »Nicht so laut!« Und wieder schaut er sich ängstlich um.
»Was ist denn eine Mumie?«, flüstert Matilda.

[1] Papyrus wird aus einer Schilfpflanze hergestellt. Darauf haben die alten Ägypter geschrieben. Heute besteht Papier vor allem aus Holz.

»Im alten Ägypten«, erklärt Kokosnuss, »regierten mächtige Könige. Sie wurden Pharaonen genannt. Wenn ein Pharao gestorben war, wurde sein Körper getrocknet, eingeölt und in Leinentücher gewickelt. Das nennt man Mumie. In der trockenen Wüstenluft bleibt eine Mumie viele Tausend Jahre lang haltbar. Manche Pharaonen ließen riesige Pyramiden bauen, um sich nach ihrem Tod darin beisetzen zu lassen, mit all ihren Schätzen und anderen Dingen, die sie für das Jenseits brauchten.«

»Aha«, meldet sich Oskar. »Zum Beispiel eine goldene Maske.«

»Psst!«, sagt der Professor wieder. »Es könnte sein, dass jemand mithört. Stellt euch vor: Zwei Räuber haben versucht, mich zu entführen! Sie wollen durch mich an die Goldene Maske

kommen und sie stehlen.« Leise fügt er hinzu:
»Sie haben Gewehre!«
Die Freunde zucken zusammen.
Vorsichtig schauen sie sich um.
Doch nirgends sind Räuber
zu sehen, nicht einmal die Spitze
eines Räuberhutes.

»Wie sollten zwei Räuber auf die Dracheninsel gelangen?«, fragt Kokosnuss.
Der Professor flüstert: »Sie haben Kamele!«
»Oh!«, raunen die Freunde.
»Aber«, bemerkt Matilda, »Kamele können doch nicht bis zur Dracheninsel fliegen.«
Da meldet sich Oskar: »Kamele können eigentlich überhaupt nicht fliegen.«
Der Professor überlegt. »Genau betrachtet, habt ihr recht.« Erleichtert stellt er fest: »Dann können die Räuber also gar nicht hier sein.«
»Diese Goldene Maske …«, fragt Matilda, »… ist die denn so wertvoll?«
»Sie ist aus purem Gold«, erklärt Kokosnuss. »Es heißt, wer sie stiehlt, den trifft der Fluch der

Mumie. Niemand weiß, was der Fluch bedeutet, nur, dass es etwas ganz Schlimmes ist.«

»Ich sehe, kleiner Drache«, sagt Professor Champignon und nickt Kokosnuss anerkennend zu, »du bist ein Experte!«

»Herr Professor«, sagt Matilda, »wenn Sie die Maske finden, trifft Sie dann nicht auch dieser Fluch?«

Der Professor lacht. »Ich will die Maske ja nicht stehlen, sondern nur untersuchen. Aber jetzt, meine jungen Freunde, muss ich mich auf den Weg machen!«

Mit diesen Worten kramt er eine Fernbedienung aus seiner Tasche und betätigt einen Schalter. Kurz darauf fliegt der Doppeldecker herbei.

»Meine Erfindung!«, sagt Professor Champignon stolz. »Ein Doppeldecker, der senkrecht starten kann.«

Kokosnuss staunt. »Wie ein Hubschrauber!«

Der Professor verstaut die Schaufel und den Drachenstein im Laderaum und steigt hinter das Steuer.

Traurig schauen die Freunde zu. Wie gern würden sie mitfliegen! Sie waren noch nie bei den Pyramiden!

»Herr Professor«, sagt der kleine Drache, »wir könnten Sie doch begleiten. Wir sind erfahrene Abenteurer.«

Der Professor überlegt. »Hm, Hilfe könnte ich schon gebrauchen. Wenn eure Eltern einverstanden sind, hätte ich nichts dagegen.«

Mit einem berühmten Forscher nach Ägypten reisen? Die Eltern sind einverstanden, sogar die von Oskar[2]. Von den Räubern haben die drei Freunde ihren Eltern übrigens nicht so viel erzählt. Ehrlich gesagt, haben sie sie überhaupt nicht erwähnt. Denn wer weiß, vielleicht laufen ihnen diese finsteren Burschen gar nicht über den Weg ...

Die drei Freunde packen ihre Taschen für eine Expedition: ein Seil, Fackeln, Wasserflaschen und andere nützliche Dinge. Matilda legt noch ein paar Rollen Klopapier dazu.

»Wozu brauchst du die denn?«, fragt Kokosnuss.

Da muss Matilda wieder niesen: »Hapschü! Na, für meinen Schnupfen! Meine Taschentücher sind alle in der Wäsche.«

[2] Obwohl Oskars Eltern Fressdrachen sind und Fressdrachen höchst ungern verreisen und überhaupt Forschungen jeglicher Art überflüssig finden.

»Hihihi«, kichert Oskar. »Klopapier-Matilda.«

»Hör auf!«, protestiert Matilda. »Sonst stecke ich dich an!«

»Tschuldigung«, murmelt Oskar und zieht den Kopf ein. Er möchte auf keinen Fall eine Erkältung bekommen. Oskar hasst Erkältungen – vor allem im Sommer.

In der Oase

Schnell wie der Wind überquert der Doppeldecker den Ozean. Schon am Mittag erreicht er Afrika. Er fliegt über Steppen und Gebirge, bis nur noch Sand zu sehen ist, soweit das Auge reicht.
»Die Wüste Sahara«, sagt Kokosnuss. »Seht nur, wie riesig sie ist!«
»Heute Abend erreichen wir eine Oase«, erklärt der Professor. »Dort verbringen wir die Nacht.«
Als die Sonne sich dem Horizont nähert, liegt die Oase vor ihnen, wie eine grüne Insel in einem Meer voller Sand. Professor Champignon landet den Doppeldecker inmitten eines Palmenhains. An dem kleinen See der Oase füllen die Abenteurer ihre Wasserbeutel auf. Dann machen sie es sich am schattigen Ufer des Sees bequem. Der Professor holt den Drachenstein hervor, entfaltet einen Plan der Pyramide und versinkt in eine eingehende Betrachtung.

»Haben Sie etwas entdeckt?«, fragt Kokosnuss.
»Hm«, brummt der Professor und kratzt sich am Ohr. »Hier ist das Labyrinth. Dahinter liegt eine große Kammer. An einer Stelle in der Mauer ist eine Lücke. Sie hat genau die Form des Drachensteins. Den Stein müssen wir dort einsetzen, aber was geschieht dann? Wie finden wir die verborgene Kammer der Mumie?«
Matilda betrachtet den Drachenstein und stutzt. »Da sind ja Zeichen eingeritzt.«

»Das sind Hieroglyphen«, erklärt Kokosnuss. »Die Schrift der alten Ägypter.«
»Und was steht da?«, fragt das Stachelschwein.
»Zur Sonnenstunde folge dem Licht«, antwortet der Professor. »Das ist merkwürdig, denn in der Kammer ist es stockfinster.«
»Seltsam«, murmelt Kokosnuss. Plötzlich hält er inne. An dem Drachenstein blinkt etwas.
Der kleine Drache klopft den Stein ab. Lauter getrocknete Erde rieselt zu Boden. Dahinter kommt etwas Glänzendes zum Vorschein.
»Nanu?!«, sagt der Professor.
Kokosnuss reibt die glänzende Stelle sauber, bis er sich darin spiegeln kann.
Der Professor staunt: »Heiliger Bimbam! Ein bronzener Spiegel.«
Plötzlich meldet sich Oskar: »Habt ihr das gehört? Da drüben hat etwas geraschelt.«
»Sicher nur ein paar Tiere«, vermutet der Professor.

»Ich schaue einmal nach«, sagt Kokosnuss und fliegt auf die andere Seite des Sees. Er sucht das Ufer ab, doch da ist niemand. Plötzlich hört er ein merkwürdiges Schnauben. Was kann denn das sein? Vorsichtig fliegt er ein Stück weiter. Der kleine Drache reibt sich die Augen: Unter den Palmen liegen zwei Kamele! Noch nie in seinem Leben hat Kokosnuss echte Kamele gesehen. Neugierig beobachtet er die mächtigen Wüstentiere.
Eines der Kamele hat den kleinen Drachen bemerkt. Es wendet den Kopf und sagt: »Bei meinen Höckern, ein Drache!«
Kokosnuss kommt näher und räuspert sich: »Ja, ähm, ich bin mit dem berühmten Professor Champignon unterwegs.«
»Ach, der«, sagt das Kamel.
»Kennst du ihn?«, fragt Kokosnuss.
»Auf diesen Champingpong warten wir hier schon die ganze Zeit.«
»Champignon«, verbessert Kokosnuss.
»Genau«, erwidert das Kamel.

»Und warum wartet ihr auf ihn?«
»Keine Ahnung.«
In diesem Augenblick ertönt ein Knall. Erschrocken fährt Kokosnuss herum. Das kam von ihrem Lagerplatz. Der kleine Drache fliegt zurück, so schnell er kann. Kaum

erreicht er den kleinen See, sieht er den Doppeldecker aufsteigen.
Die können doch nicht ohne mich wegfliegen!
Verzweifelt versucht Kokosnuss, dem Flugzeug zu folgen, aber es fliegt viel schneller als er. Immer weiter entfernt es sich von ihm und verschwindet in der Dämmerung des Wüstenhimmels. Der kleine Drache blickt zurück. Wo ist die Oase? Ach, dort ist sie ja!
Traurig und wütend kehrt er zu dem kleinen See zurück. Was soll er jetzt nur machen, ganz allein in dieser riesigen Wüste? Kokosnuss ist verzweifelt.
Da hört er jemanden rufen: »Kokosnuss!«
Der kleine Drache traut seinen Augen nicht: Matilda und Oskar! Sein kleines Drachenherz macht vor Freude einen Hüpfer. Doch was ist das? Die beiden sind an eine Palme gefesselt!
»Zwei Räuber haben den Professor entführt und den Doppeldecker gestohlen!«, berichtet Matilda wütend, als Kokosnuss die beiden losbindet.
»Die haben hier schon auf ihn gewartet.«

»Die wussten genau, dass der Professor in dieser Oase zwischenlanden würde«, sagt Oskar. Jetzt versteht Kokosnuss: »Dann gehörten die Kamele den beiden Räubern.«

»Kamele?«, fragen Matilda und Oskar.

Kokosnuss berichtet von den Kamelen, die er jenseits des Sees getroffen hat.

»Oje«, klagt Oskar. »Und nun wollen die Räuber die Goldene Maske stehlen.«
»Und wer weiß, was sie mit dem armen Professor anstellen!«, sagt Matilda.
»Das müssen wir verhindern!«, sagt Kokosnuss entschlossen.
»Aha, na klar«, brummt Matilda. »Und wie wollen wir das anstellen?«
Darauf weiß Kokosnuss auch keinen Rat. Missmutig sitzen die Freunde am Ufer und grübeln, bis die Sonne untergeht.
»Ich habe Hunger wie eine Scheune«, sagt Oskar.
»Das heißt aber anders«, sagt Matilda. »Man sagt: Hunger wie ein Bär.«
»Ich sage aber Scheune«, erwidert Oskar. »Scheunen können auch hungrig sein.«
»Ich hab's!«, ruft Kokosnuss und springt auf. »Wir fragen die Kamele! Sie kennen den Weg zu der Pyramide. Vielleicht können sie uns dort hinbringen!«

Durch die Wüste

Die Kamele staunen nicht schlecht, als ein Stachelschwein, ein Feuerdrache und ein kleiner Fressdrache hinter den Palmen hervorkommen.
»Heiliges Kamel-Ohr!«, brummt das eine Kamel. »Was ist das denn für eine merkwürdige Truppe?«
»Und ich dachte«, sagt das andere Kamel, »Fressdrachen seien längst ausgestorben.«
Kokosnuss stellt seine Freunde vor und fragt: »Würdet ihr uns zu der Großen Pyramide bringen?«
Die Kamele blicken einander an.
»Was meinst du?«, fragt das eine.
»Ich meine«, sagt das andere, »wir sollten auf unsere Herren warten. Einfach so die Besitzer zu wechseln und davonzutraben, das gehört sich nicht.«
»Eure Besitzer«, sagt Kokosnuss, »haben sich aber selbst davongemacht. Sie sind mit einem Flugzeug weggeflogen.«

»So etwas«, grummelt das erste Kamel. »Das gehört sich aber auch nicht.«
»Fliegen schon gar nicht«, sagt das zweite. »Ein Kamel-Sprichwort sagt: Hast du eine Seele, dann nimmst du die Kamele.«
Sie blicken hinauf zum Wüstenhimmel, wiegen ihre mächtigen Köpfe und sagen: »Gebongt. Wir bringen euch zur Großen Pyramide!«

Gemächlich schaukeln die beiden Kamele mit Kokosnuss, Matilda und Oskar auf ihren Rücken durch die Wüste. Über ihnen wölbt sich der weite Nachthimmel. Um sie herum erheben sich die Sandberge der Sahara bis zum Horizont. In der Nacht wird es kalt.

»Jetzt verstehe ich, warum Kamele auch Wüstenschiffe genannt werden«, sagt Matilda. »Die schaukeln ja wie ein Piratenschiff bei schwerer See.«
Auf den Kamelrücken werden die Freunde in den Schlaf gewiegt.
Als die Morgensonne sie weckt, ruft Matilda:
»Seht mal! Dort!«
In der Ferne ragen die steinernen Spitzen riesiger Bauwerke in den Himmel empor.
»Die drei Pyramiden!«, ruft Kokosnuss.
»Wow!«, murmelt Oskar.
Bis zum Mittag dauert es, bis die Freunde am Fuße der Großen Pyramide eintreffen. Wie ein Berg erhebt sich das mächtige Bauwerk über den Wüstensand. Noch nie haben sie ein solch beeindruckendes Gebäude gesehen!
In der Nähe eines Eingangs entdecken sie den Doppeldecker. Kokosnuss holt die Fernbedienung aus dem Flugzeug und verstaut sie in seiner Tasche. Vielleicht, denkt der kleine Drache, kann ich sie noch brauchen.

Sie horchen in den Eingang der Pyramide hinein. Nichts zu hören. Hoffentlich sind sie nicht zu spät!

Während die Freunde die Fackeln aus ihren Taschen holen, lassen sich die Kamele im Schatten der Pyramide nieder.

»Wir warten dann mal hier«, sagt das eine.

»Mal sehen, ob ihr wiederkommt.«

»Warum sollten wir denn nicht wiederkommen?«, fragt Matilda unsicher.
Das Kamel blickt das Stachelschwein mitleidig an und sagt: »In den Pyramiden ist es ziemlich gefährlich. Irrwege, vergiftete Pfeile und so weiter.«
»Vergiftete Pfeile?«, wiederholt Matilda.
»Nun ja«, brummt das Kamel. »Man erzählt sich so einiges.«
»Ich geh da jedenfalls nicht hinein«, sagt das andere Kamel.
»Mit deinen Höckern passt du auch gar nicht durch die Gänge, du Kamel.«
»Selber Kamel!«, entgegnet das Kamel.
Da ruft Kokosnuss Matilda und Oskar zu:
»Kommt ihr?«

Das Labyrinth

Schritt für Schritt tasten sich die Freunde in das Innere der Pyramide vor. Im Licht der Fackeln tanzen ihre Schatten auf den kahlen, steinernen Wänden.

»Wie sollen wir denn den Professor finden, ohne den Professor?«, fragt Matilda.

Kokosnuss erinnert sich an den Plan der Pyramide, den Professor Champignon in der Oase betrachtet hatte.

»Erst mal geht es durch das Labyrinth«, sagt der kleine Drache. »Und danach kommt die große Kammer.«

»Ich habe einmal gehört«, meldet sich Oskar, »dass Labyrinthe dazu da sind, damit man sich darin verirrt.«

»Das habe ich auch gehört«, sagt Matilda.

»Ich weiß aber noch die Richtung«, erwidert Kokosnuss. »Jedenfalls so ungefähr.«

Matilda stöhnt: »Das kann ja heiter werden.«

Nachdem sie durch einen langen, schmalen Tunnel marschiert sind, stehen die drei Abenteurer in einem Raum, von dem vier Gänge abgehen.
»Da haben wir den Salat!«, sagt Matilda.
Kokosnuss überlegt. Er zeigt auf einen Gang und sagt: »Ich glaube, da lang!«
Die Freunde gehen durch eine Vielzahl von Gängen. Immer wieder teilt sich der Weg, und sie müssen sich jedes Mal für einen der Wege entscheiden.
Als sie vor einer weiteren Gabelung stehen, sagt Kokosnuss: »Hm, hier weiß ich nicht weiter.«
Oskar überlegt nicht lange und zählt ab:
»Hampelmann, Pampelmann,
Hampelmuse, Pampelmuse,
Pampelmusenhampelmann,
und du bist dran!«
»Also links«, sagt Kokosnuss.
Die Freunde nehmen den linken Gang und stoßen immer weiter in das Innere der Pyramide vor, bis sie in einen Raum gelangen, der ihnen bekannt vorkommt.

»Hier waren wir doch schon einmal«, murmelt Kokosnuss.
»Was für ein Durcheinander!«, stöhnt Matilda.
»Warum haben die Ägypter nur solche Labyrinthe gebaut?«
»Damit die Pharaonen nach ihrem Tod nicht gestört werden«, erklärt Kokosnuss.
»Diesmal können wir ja hier entlanggehen«, schlägt Oskar vor. »Den Weg hatten wir noch nicht.«

Der Gang führt ein Stück geradeaus, dann rechts, dann wieder geradeaus, dann wieder rechts und immer so weiter, unter einem anderen Gang hindurch, dann wieder rechts und nochmal rechts, bis sie in einem Raum mit bunten Fliesen stehen.

»Eine Sackgasse«, sagt Oskar enttäuscht. Plötzlich hören sie ein ohrenbetäubendes Knirschen. Erschrocken drehen sie sich um und sehen gerade noch, wie ein schwerer Steinblock ihren Rückweg verschließt. Die Freunde versuchen, den Steinblock zurückzuschieben, doch er rührt sich nicht vom Fleck.

In diesem Augenblick ertönt wiederum ein Knirschen, und am anderen Ende des Raumes öffnet sich eine verborgene Tür. Dahinter sehen sie einen Treppenaufgang.

»Also da entlang!«, sagt Matilda und hüpft durch den Raum in Richtung Treppe.

Plötzlich zischt ein Pfeil aus der Wand über Matildas Kopf hinweg und zersplittert an der gegenüberliegenden Mauer.

Vor Schreck bleibt Matilda stehen.

»Rühr dich nicht!«, ruft Kokosnuss. »Das ist der Raum der vergifteten Pfeile. Davon habe ich mal gelesen.«

»Und was nun?«, fragt Matilda verzweifelt.

»Die Pfeile werden nur abgeschossen«, erinnert

sich Kokosnuss, »wenn man auf bestimmte Fliesen tritt.«
Die Freunde betrachten die Steinfliesen.
»Und welche sind das?«, fragt Matilda.
»Keine Ahnung«, antwortet Kokosnuss.
»Aha«, brummt Matilda. »Dann kann ich hier ja bleiben, bis mir die Stacheln abfallen.«
»Wartet!«, sagt Kokosnuss, holt das Seil hervor und befestigt es an einem Mauervorsprung. Mit dem anderen Ende des Seils fliegt er zur Treppe hinüber und zurrt es am Geländer fest.

»Jetzt könnt ihr auf dem Seil balancieren!«, sagt der kleine Drache.
»Gute Idee!«, ruft Oskar und läuft geschickt auf dem Seil hinüber.
Matilda aber ergreift das Seil mit den Pfoten und hangelt sich zur anderen Seite.
»Puh, geschafft«, sagt das Stachelschwein erleichtert.
Nachdem Kokonuss das Seil wieder eingepackt hat, steigen die Freunde die Treppe empor. Sie endet in einem Gang, der steil bergan führt. Eine ganze Weile folgen sie dem Gang. Dann lassen sie sich erschöpft nieder.

»Wie hoch geht das denn noch?«, fragt Matilda. Sie ist ganz aus der Puste.

»Zur verborgenen Kammer«, sagt Kokosnuss, »führt der Gang jedenfalls nicht.«

»Hoffentlich finden wir hier wieder heraus«, sagt Matilda.

Oskar stutzt. »Hier zieht's.«

»Ein Luftzug!«, sagt Kokosnuss. Er steht auf und geht ein Stück weiter.

»Hier ist ein Spalt in der Mauer!«, ruft er.

Die anderen rennen herbei. Matilda späht durch den Spalt und kann nach draußen sehen.

»Wir sind ganz weit oben! Ich sehe die anderen Pyramiden und die Wüste!«

Durch den Spalt dringt etwas Tageslicht in den dunklen Gang.

Da meldet sich Oskar: »Hier ist ein Schacht. Da steckt ein Radio drin.«
»Ein Radio?«, wiederholen Kokosnuss und Matilda verblüfft.
Der Schacht liegt schräg unter dem Lichtspalt und führt in die Pyramide hinab. Kokosnuss lauscht.
»Das ist die Stimme des Professors!«, ruft er aufgeregt.
»Und die Stimmen der Räuber!«, flüstert Matilda ängstlich.
Kokosnuss überlegt. »Ich fliege nach unten und suche ein Versteck. Dann lasse ich euch mit dem Seil hinab.«
Und schon saust der kleine Drache hinunter in den dunklen Schacht.
Kurz darauf kehrt er wieder zurück und berichtet: »Ich habe die Räuber gesehen! Der Schacht endet an der Decke der großen Grabkammer. Darunter stehen alte Sarkophage[3]. Hinter den Sarkophagen können wir uns verstecken. Aber

[3] Ein Sarkophag ist ein großer, meistens verzierter Sarg aus Stein.

vergesst nicht,
eure Fackeln zu
löschen!«
So lässt Kokosnuss erst Matilda hinab. Als das Stachelschwein dreimal am Seil zieht, holt er es wieder hoch und lässt Oskar hinunter. Dann verstaut er das Seil in seiner Tasche und folgt den beiden. Die drei verstecken sich hinter einem großen, steinernen Sarkophag.

Die verborgene Kammer

Die Freunde staunen: In der riesigen Grabkammer stehen zahllose steinerne Särge, deren Deckel zur Seite geschoben sind.
»Dort lagen Mumien drin«, flüstert Kokosnuss. »Die wurden irgendwann einmal gestohlen.«
»Brrr, wie gruselig!«, raunt Matilda.
Jetzt sehen sie die Räuber. Der eine ist dick wie eine Kartoffel und schaut grimmig drein. Der andere ist dünn wie eine Mohrrübe und schaut genauso grimmig drein. Ihre Bärte sind stoppelig und auf dem Kopf tragen sie Räuberhüte. In den Händen halten sie Gewehre und Fackeln und an ihren Gürteln hängen Pistolen. Ach du grüne Neune!
In diesem Augenblick muss Matilda niesen.
»Was war das?«, ruft der dicke Räuber.
Die Freunde ducken sich. Vorsichtig lugt Kokosnuss hervor. Der Räuber blickt in ihre Richtung. Aber er kann im Dunkeln niemanden erkennen und wendet sich wieder ab.

Da, jetzt sehen sie auch den Professor! Neben ihm, in der Mauer, erkennt Kokosnuss den Drachenstein. Sein bronzener Spiegel leuchtet im Fackelschein.

Der dicke Räuber ist aufgebracht und ruft: »Wie lange soll das denn noch dauern?«

Der Professor antwortet mit zitternder Stimme: »D-der Sonnenstrahl wird jeden Moment kommen.«

»Wehe, wenn nicht!«, brummt der Räuber.

Matilda flüstert: »Sonnenstrahl?«

»Hier unten?«, fragt Oskar.

Kokosnuss kratzt sich am Kopf. Was meint der Professor nur? Natürlich! Jetzt verstehe ich!

Im selben Augenblick dringt ein Sonnenstrahl in den Schacht. Er trifft genau auf den Spiegel des Drachensteins.

Dieser lenkt den Strahl auf einen funkelnden Edelstein an der gegenüberliegenden Mauer. Und plötzlich öffnet sich genau dort eine geheime steinerne Tür.

»Die Tür zur verborgenen Kammer!«, flüstert Kokosnuss.
»Das ist ja ein Ding!«, raunt Matilda.
»Nach so vielen Tausend Jahren funktioniert das noch!«, bemerkt Oskar.
Die Räuber packen den Professor und stoßen ihn in die Kammer hinein.
Die Freunde folgen ihnen lautlos. Im Schutz der Dunkelheit gehen sie hinter einer Säule in Deckung.
Die Räuber und der Professor sind stehen geblieben. Im Schein der Räuber-Fackeln erkennen Kokosnuss, Matilda und Oskar mehrere reich verzierte, geöffnete Truhen, gefüllt mit wertvollem Geschmeide[4].

[4] Geschmeide ist zum Beispiel kostbarer Schmuck, von einem Goldschmied angefertigt.

»Der Schatz des Pharaos«, sagt Kokosnuss leise.

In der Mitte der Kammer steht ein prächtiger, goldener Sarkophag. Ächzend schieben die Räuber den Deckel zur Seite. Darunter kommt eine strahlende Maske aus purem Gold zum Vorschein.

»Die Mumie des Pharaos!«, flüstert Kokosnuss aufgeregt.

Der dicke Räuber grinst und sagt: »Hähä, da ist sie ja, die Maske! Sie wird uns eine Menge Geld einbringen!«
»A-aber«, stottert der Professor, »niemand darf die Maske stehlen. Denkt an den Fluch des Pharaos!«
Der Räuber bricht in ein hämisches Gelächter aus. »Fluch des Pharaos! So ein Quatsch! Den gibt es doch gar nicht!«
Mit diesen Worten greift er sich die Maske und spottet: »Siehst du, nichts geschieht, kein Fluch weit und breit, hähä.«
Doch plötzlich ertönt ein dumpfes Grollen.
Erschrocken zucken alle zusammen.
»D-der Fluch«, stottert der dünne Räuber.
Das Grollen wird leiser und verstummt wieder.
»Ach was«, sagt der Dicke. »Das ist doch nur Geschwätz! Los, wir nehmen so viel mit, wie wir tragen können!«
Die Räuber beginnen, die Schatzkisten auszuplündern. Sie stecken alles in ihre Räubersäcke.
Auch der Professor muss mithelfen.

Kokosnuss hat eine Idee. »Schnell, zurück!«, flüstert er.
Flink huschen die drei wieder in die Grabkammer.
»Matilda«, sagt Kokosnuss, »hast du noch etwas von deinem Klopapier?«
»Drei Rollen, wieso?«
»Prima!« Und dann erklärt der kleine Drache seinen Plan.

»Oje, oje«, raunt Matilda.
»Hihi«, kichert Oskar. »Ein richtiger Klopapier-Plan. Das wird lustig!«
»Schnell, wir müssen uns beeilen!«, flüstert Kokosnuss.
Und so bereiten die Freunde fieberhaft den Plan des kleinen Drachen vor …

Drei kleine Mumien

Bald haben die Räuber und der arme Professor die Säcke gefüllt. Gerade wollen sie die Kammer verlassen, als wieder das dumpfe Grollen ertönt. Der dünne Räuber schreckt zusammen.
»Wir verschwinden!«, befiehlt der Dicke.
Als sie die Grabkammer durchqueren wollen, halten sie inne. Was war das für ein Geräusch? Da sehen sie, wie eine steinerne Sargplatte sich bewegt. Professor Champignon traut seinen Augen nicht. Das kann doch nicht sein! Sollte es lebendige Mumien geben? Unmöglich!
Die Sargplatte fällt krachend zu Boden. Der dünne Räuber stößt einen Schrei aus. Eine Mumie erhebt sich langsam aus dem Sarg. Sie ist in helles Tuch eingewickelt und hat eine große Schnauze, einen langen Schwanz und sogar Flügel.
»Ei-ei-eine Dr-Dr-Drachen-Mumie«, flüstert der Dünne mit erstickter Stimme.

Der dicke Räuber schluckt und sagt: »D-das ist doch ein Schwindel! Drachen-Mumien gibt es gar nicht!«
Da spricht die Mumie: »Ich bin Hapschiput Kokoschnemsis der Dritte. Ich bin 4500 Jahre alt und stinkesauer!«
»W-warum b-bist d-du denn st-stinkesauer?«, stottert der Dünne.
»Weil ihr die Goldene Maske stehlen wollt!«
Da hebt der dicke Räuber sein Gewehr und ruft:

»Das ist doch ein Schabernack! Ich glaube kein Wort!«

In diesem Moment bewegen sich zwei weitere Sargdeckel und rutschen polternd zu Boden. Erschrocken versteckt sich der dünne Räuber hinter dem Professor.

Zwei Mumien erheben sich aus den steinernen Särgen, eine mit Stacheln und eine mit spitzen Zähnen.

»Ich bin Matilda Tutut Amun die Sechzehnte. Ich bin 5000 Jahre alt und noch viel stinkesaurer als Kokos- äh, Kokos- äh …«

»Kokoschnemsis«, sagt die Drachen-Mumie.
»Genau!«, sagt die Stachel-Mumie.
»Und ich«, ruft die dritte Mumie, die mit den spitzen Zähnen, »bin Oskar Haschihuschi Hippiehuppi, der schrecklichste Drachen-Pharao überhaupt, und ich bin zwei Millionen Jahre alt und so sauer wie drei Millionen Zitronen! Und wenn ihr nicht gleich diese Maske und die Schätze wieder zurückbringt, dann gibt es Saures!«
»Lass uns abhauen!«, flüstert der Dünne.
Der dicke Räuber aber fuchtelt wütend mit seinem Gewehr: »Die spinnen doch! Solche Mumien gibt es gar nicht!«
Plötzlich ertönt von Neuem das Grollen. Und jetzt erzittern die Mauern der Grabkammer. Und als die Drachen-Mumie den Kopf zurückwirft und einen Feuerstrahl ausstößt, da lässt der dünne Räuber sein Gewehr und alle Schätze fallen und rennt schreiend aus der Kammer.
Der dicke Räuber steht wie angewurzelt. Ängstlich blickt er sich um. Und als die Drachen-Mumie

einen zweiten Feuerstrahl ausstößt, wirft auch er alles von sich und stürzt zum Ausgang hinaus.
Mit einem Mal ist es still.
Professor Champignon schaut unsicher zu den Mumien und sagt: »Äh, Kokosnuss, Matilda, Oskar, seid ihr das?«
Da reißen sich die drei Freunde das Klopapier herunter und steigen aus den Särgen heraus.

Der Professor strahlt: »Ihr seid die tollsten Mumien, auf die ich je gestoßen bin! Auch wenn ihr ein wenig übertrieben habt. Zwei Millionen Jahre alte Mumien gibt es nämlich gar nicht.«
»Aber die Räuber haben einen gehörigen Schreck bekommen«, sagt Oskar.
Da ertönt ein weiteres Mal das Grollen und wieder beben die Mauern.
»Schnell!«, ruft der Professor. »Wir müssen die Goldene Maske wieder an ihren Platz legen, denn sonst stürzt hier alles ein!«
»Aber die Maske«, sagt Kokosnuss, »hat der dicke Räuber mitgenommen! Nur die anderen Schätze haben sie hier gelassen.«
»Wie bitte?«, stößt Professor Champignon verzweifelt hervor. »Dann raus hier, beeilt euch!«
Alle vier rennen, so schnell sie können, in Richtung Ausgang. Kaum liegt die Kammer hinter ihnen, da hören sie ein ohrenbetäubendes Krachen. Große

Steinblöcke fallen herab und verschließen den Eingang zur Grabkammer.
Der Professor leitet sie sicher durch das Labyrinth zurück. Und so erreichen die Freunde nur wenig später den Ausgang der Pyramide.
»Da seid ihr ja«, sagt das eine Kamel. »Was war denn da drinnen los?«
»Ein Gepoltere war das!«, sagt das andere.
»Diese beiden Finsterlinge«, japst Professor Champignon wütend und verzweifelt zugleich, »haben die Goldene Maske gestohlen! Und nun fliegen sie mit meinem Doppeldecker davon!«
So ist es: Das Flugzeug ist schon in der Luft und entfernt sich von der Pyramide.
Da holt Kokosnuss die Fernbedienung hervor und betätigt den Steuerknopf. Plötzlich kehrt der Doppeldecker um.
»Haben die etwas vergessen?«, fragt Oskar.
Kokosnuss grinst und sagt: »Nein, die wollen etwas zurückbringen.«
»Potzblitz!«, ruft der Professor, als er die Fernbedienung sieht.

»Darf ich auch einmal?«, fragt Matilda.
Das kleine Stachelschwein lässt den Doppeldecker ein paar Überschläge drehen.
»Ich will auch!«, ruft Oskar.
Der Fressdrache bewegt den Steuerknopf wild hin und her. Das Flugzeug schaukelt nach unten und nach oben und nach rechts und nach links. Dabei dreht es sich unablässig um die eigene Achse.
»Jetzt noch ein paar Überschläge«, sagt Oskar. »Achterbahn-Looping, hihihi!«
Jetzt übernimmt Professor Champignon die Fernbedienung. Er lässt den Doppeldecker genau vor ihrer Nase landen.
Die Räuber sitzen darin mit wirrem Haar und grünen Gesichtern.
»Mir ist so übel«, jammert der dicke Räuber.
»Mir ist noch übler«, wimmert der dünne.
»Seht ihr«, bemerkt das erste Kamel, »so sieht der Fluch des Pharaos aus.«
»Ein ganz übler Fluch«, sagt das andere Kamel und kichert.

Einige Wochen später, als Kokosnuss, Matilda und Oskar wieder zu Hause auf der Dracheninsel sind, bringt der Drachen-Postbote einen großen Brief.
»Post für die drei Abenteurer«, ruft er.
Neugierig betrachten die Freunde den Umschlag.
»Der ist von Professor Champignon!«, ruft Kokosnuss aufgeregt und öffnet den Brief.

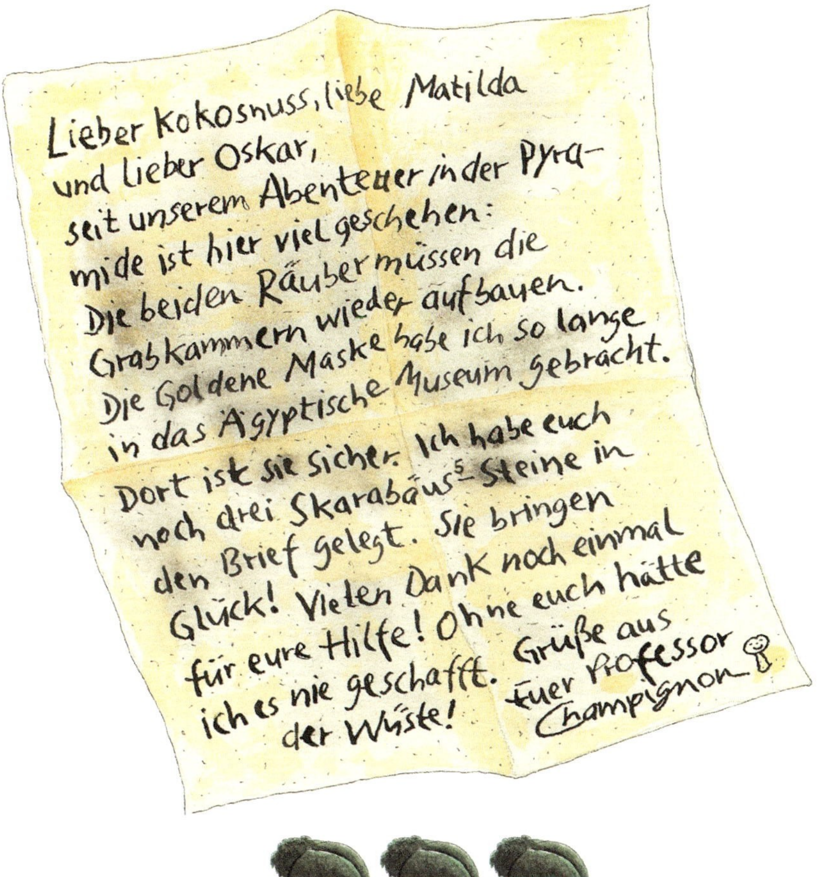

Lieber Kokosnuss, liebe Matilda
und lieber Oskar,
seit unserem Abenteuer in der Pyra-
mide ist hier viel geschehen:
Die beiden Räuber müssen die
Grabkammern wieder aufbauen.
Die Goldene Maske habe ich so lange
in das Ägyptische Museum gebracht.
Dort ist sie sicher. Ich habe euch
noch drei Skarabäus[5]-Steine in
den Brief gelegt. Sie bringen
Glück! Vielen Dank noch einmal
für eure Hilfe! Ohne euch hätte
ich es nie geschafft. Grüße aus
der Wüste! Euer Professor
Champignon

[5] Der Skarabäus ist ein kleiner Käfer. Er wird auch Pillendreher genannt, weil er Mist zu Kügelchen formt. Im alten Ägypten war er heilig, denn er galt als Sinnbild des Lebens und des Sonnengottes.

Alle Kokosnuss-Abenteuer auf einen Blick!

- Der kleine Drache Kokosnuss (978-3-570-12683-7)
- Der kleine Drache Kokosnuss feiert Weihnachten (978-3-570-12765-0)
- Der kleine Drache Kokosnuss kommt in die Schule (978-3-570-12716-2)
- Der kleine Drache Kokosnuss – Hab keine Angst! (978-3-570-12806-0)
- Der kleine Drache Kokosnuss und der große Zauberer (978-3-570-12807-7)
- Der kleine Drache Kokosnuss und der schwarze Ritter (978-3-570-12808-4)
- Der kleine Drache Kokosnuss und seine Abenteuer (978-3-570-13075-9) *gekürzte Fassung des Bilderbuchs »Der kleine Drache Kokosnuss« (978-3-570-12683-7)*
- Der kleine Drache Kokosnuss – Schulfest auf dem Feuerfelsen (978-3-570-12941-8)
- Der kleine Drache Kokosnuss besucht den Weihnachtsmann (978-3-570-13202-9) *gekürzte Fassung des Buchs »Der kleine Drache Kokosnuss feiert Weihnachten« (978-3-570-12765-0)*
- Der kleine Drache Kokosnuss und die Wetterhexe (978-3-570-12942-5)
- Der kleine Drache Kokosnuss reist um die Welt (978-3-570-13038-4)
- Der kleine Drache Kokosnuss und die wilden Piraten (978-3-570-13437-5)

- Der kleine Drache Kokosnuss – Meine Schulfreunde (978-3-570-13548-8)
- Der kleine Drache Kokosnuss im Spukschloss (978-3-570-13039-1)
- Der kleine Drache Kokosnuss und der Schatz im Dschungel (978-3-570-13645-4)
- Der kleine Drache Kokosnuss und das Vampir-Abenteuer (978-3-570-13702-4)
- Der kleine Drache Kokosnuss und das Geheimnis der Mumie (978-3-570-13703-1)
- Der kleine Drache Kokosnuss und die starken Wikinger (978-3-570-13704-8)
- Der kleine Drache Kokosnuss auf der Suche nach Atlantis (978-3-570-15280-5)
- Der kleine Drache Kokosnuss bei den Indianern (978-3-570-15281-2)
- Der kleine Drache Kokosnuss im Weltraum (978-3-570-15283-6)
- Der kleine Drache Kokosnuss reist in die Steinzeit (978-3-570-15282-9)
- Der kleine Drache Kokosnuss – Schulausflug ins Abenteuer (978-3-570-15637-7)
- Der kleine Drache Kokosnuss bei den Dinosauriern (978-3-570-15660-5)
- Der kleine Drache Kokosnuss und der geheimnisvolle Tempel (978-3-570-15829-6)
- Der kleine Drache Kokosnuss und die Reise zum Nordpol (978-3-570-15863-0)
- Der kleine Drache Kokosnuss – Expedition auf dem Nil (978-3-570-15978-0)

Ingo Siegner

Der kleine Drache Kokosnuss feiert Weihnachten

72 Seiten, mit farbigen Illustrationen, ISBN 978-3-570-21958-4

Weihnachten? Krippenspiel? Geschenke?
Davon haben Kokosnuss und seine Freundin Matilda noch nie gehört. Aber als eines Tages zwei Pinguine auf der Dracheninsel stranden, kann nur noch der Weihnachtsmann helfen. Und so erfahren die Freunde von all den weihnachtlichen Herrlichkeiten. Ganz klar: Das muss auch auf der Dracheninsel gefeiert werden.

5401

cbj

www.cbj-verlag.de